KB005672

별이 되어 만날까?

정 태 성 시집 (11)

도서출판 **코스모스**

별이 되어 만날까?

정태성 시집 (11)

도서출판 코스모스

머리말

모든 것은 왔다가 가는가 봅니다.
떠나가는 것을 잡을 수는 없는 듯 합니다.
다시 만날 수는 있을까요?
흘러가는 것들이 아쉬워 글로 남겨 봅니다.
먼 훗날, 남겨진 글이라도 보려고 합니다.
제가 할 수 있는 것은 그것밖에
없는 것 같습니다.

2022. 10.

저자

차례

1. 밤하늘의 별이 되어 만날까? / 8
2. 그럼에도 불구하고 / 9
3. 그 너머 / 10
4. 높고 깊은 / 11
5. 언제 / 12
6. 어디로 / 13
7. 눈 오는 밤 / 14
8. 사람들 / 15
9. 그때 / 16
10. 노래 / 17
11. 홀로 / 19
12. 마음의 비 / 20
13. 기억 / 21
14. 흔적 / 23
15. 미지의 세계 / 24
16. 기억 / 25
17. 돌고 / 26
18. 날이 밝으면 / 27
19. 거꾸로 가는 시계 / 29
20. 불과 물 / 31
21. 새 집으로 / 32
22. 경계에서 / 33
23. 무상 / 34

24. 혼자가 아니다 / 35

25. 먼 곳으로 / 36

26. 뜻대로 / 37

27. 내 옆에 / 38

28. 허망할 줄 알면서도 / 39

29. 소망을 그리워하며 / 41

30. 모르나 보다 / 42

31. 조금만 더 / 43

32. 낯설었다 / 44

33. 제로 / 45

34. 사라지기에 / 46

35. 어제와 내일 / 48

36. 너의 곁에서 / 49

37. 어떤 말을 해도 / 51

38. 여정의 끝 / 52

39. 한걸음씩 / 53

40. 그 위로 / 54

41. 삶은 그렇게 / 55

42. 아름다운 마음 / 56

43. 그러한 마음으로 / 57

44. 달빛 / 59

45. 마음에서 벗어나 / 61

46. 여기서 쉬리라 / 62

차례

47. 어둠 한 편 / 64
48. 어떤 일도 / 65
49. 조그만 필연 / 66
50. 부족함을 인정하며 / 67
51. 보이지 않아 / 68
52. 바람꽃 / 69
53. 지나간다 / 70
54. 멀어져 가는 줄 / 72
55. 약하다는 것 / 73
56. 너는 / 74
57. 여기까지 왔는데 / 75
58. 바란다 / 76
59. 몰랐다 / 77
60. 비슷함 / 79
61. 정답과 오답 / 80
62. 네가 가는 길 / 81
63. 함께 있어 주었다 / 82
64. 사라지지 않기를 / 83
65. 소쩍새 / 84
66. 아무 말 없이 / 86
67. 무명 / 87
68. 자유 / 88
69. 누구였을까? / 89

70. 마음은 어디에 / 91

71. 아무 생각없이 / 92

72. 피면 지고 / 93

73. 너 / 94

74. 바람에 구름에 / 95

75. 희망의 사다리 / 96

76. 새로운 길에서 / 97

77. 영혼의 촛불 / 99

78. 이제는 / 101

79. 맨발로 / 102

80. 달무리 / 104

81. 마음의 눈 / 105

82. 환청 / 107

83. 달빛 / 108

84. 무슨 일이 일어나건 / 110

85. 건널 수 없기에 / 111

86. 빛이 보이지 않아 / 112

87. 꽃잎은 떨어지고 / 114

88. 바람은 불고 / 116

89. 반딧불을 쫓아 / 118

90. 도와주고 싶어도 / 120

1. 밤하늘의 별이 되어 만날까?

어두운 밤하늘의
별이 되어 만날까?

봄날 새롭게 피는
꽃이 되어 만날까?

저 하늘을 나는
새가 되어 만날까?

그 모든 것을 잊고
다시 태어나서 만날까?

그리움은 한이 되어
그렇게 가슴에 묻힌다

2. 그럼에도 불구하고

나의 영역이 아니기에
인정함이 마땅하다

나의 힘으로 되지 않기에
물러남이 현명하다

나의 손에는 닿지 않기에
손을 놓음이 당연하다

나의 것이 아니기에
떠나감이 당연하다

그럼에도 불구하고
그럼에도 불구하고.

3. 그 너머

수평선 저 너머
닿지 않는 곳

바다에 가면
나는 그저
수평선을 바라본다

지평선 그 너머
머나먼 그 곳

노을 지는 저녁에
나는 그저
지평선을 바라볼 뿐이다

닿지 않고
갈 수 없는 곳

내 마음도 이제는
갈 바를 모른다.

4. 높고 깊은

모든 것을 받아주는 그 마음은
푸른 바다처럼 깊고

끝까지 믿어주는 그 믿음은
태산처럼 높으니

나의 존재도 그렇게
높고 깊어야 하거늘

그리 되지 못함에
눈물만 흐른다.

5. 언제

아무도 없는 고요한 이 밤
구름 많은 하늘에 별도 사라져
내 마음의 별빛은 언제 빛날까

겨울은 가고 봄이 오건만
꽃이 피려면 아직 멀었네
내 마음의 꽃은 언제 피려나

한 고개 두 고개 넘고 넘지만
다시 다가오는 새로운 봉우리
내 마음의 고비는 언제 끝날까

6. 어디로

밤이 깊도록 잠 못 이룬 채
안개 자욱한 새벽길을 따라
나는 어디로 가고 있는 것일까

따스한 봄이 왔을 거라 생각했건만
쌀쌀한 바람에 옷깃을 여민 채
나는 어디로 가고 있는 것일까

맑은 날을 그리도 기다렸건만
하루종일 내리는 비를 맞으며
나는 어디로 가고 있는 것일까

7. 눈 오는 밤

눈 내리는 밤
사방은 적막하고

들리지 않는 소리에
귀기울인다

쌓이는 눈위에
발자국을 남기며

내 마음에도
하얀눈이 쌓인다

8. 사람들

나를 버릴 사람들
누구든 가능하다

나를 외면할 사람들
언제든 가능하다

나를 무시할 사람들
아무나 가능하다

나는 그런 사람들 속에
오늘도 살고 있다

9. 그때

창밖에서 갑자기 빗소리가 들릴때
하늘에서 갑자기 함박눈이 쏟아질때

한 낮에 꿀맛같은 낮잠을 자고 일어날 때
한 여름 매미소리가 사방에서 울릴 때

좋은 음악을 들으며 눈물을 흘릴 때
놀이동산에서 신나게 놀이기구를 탈 때

비행기를 타고 하늘에서 구름을 볼 때
생각해보면 그래도 살만한 때가 많았었네

10. 노래

하늘을 향하여 노래를 불렀다
날개돋은 노래는 멀리까지 닿았다

들릴지 모르지만
들을 수 있을지 모르지만

산속에서 노래를 불렀다
나무 사이로 노래는 나아갔다

얼마나 갈 지 모르지만
부딪혀 돌아올 지 모르지만

넓은 벌판에서 노래를 불렀다
노래는 춤을 추며 날아감을 느꼈다

나의 노래임을 알기 바랐다
내가 부른 것을 알 수 있기 원했다

11. 홀로

혼자인 것 같았다

잠이 오지 않아
상상만 했다

외로움에 익숙했다
그리운 존재도 사라진 지 오래
그렇게 밤이 깊어갔다

누구를 더 이상 찾지 않았다
어차피 대답이 없으므로

창문을 열고 찬 바람을 들였다
고개를 들어 밤하늘을 본다

별은 항상 그자리에 있다

12. 마음의 비

내 마음속 어딘가에
비가 내리네

하늘은 저렇게 맑고 푸른데
내 맘엔 비가 내리네

하얀 구름은 저렇게
자유로운데
내 맘엔 먹구름만 있네

어제도 비가 왔건만
오늘도 비가 내리네

13. 기억

많은 것을 잊었다

그래도
잊히지 않는 것이 있다

너무 깊은 곳에 있어서
가슴이 시리도록 새겨져 있어서
애써도 사라지지 않기에
지울수조차 없기에

그냥 간직하기로 했다

영원히
내 삶의 끝까지

14. 흔적

흔적을 남기고 떠나버렸다
지워지지 않는데
지울수도 없는데

상처가 된다는 것을 알았을까?
마음을 주지 말 것을
애착을 하지 말 것을

추억이 남아 있지만
기억에서 지워졌으면
아프기만 한 추억이기에

15. 미지의 세계

미지의 세계를 꿈꿨다
그 세계에 닿기 위해 달음박질 했다
내가 닿은 곳
지금 내가 있는 곳은
꿈꾸었던 세계가 아니었다

등 뒤를 돌아보았다
잃어버린 세계가 있었다
더 소중할지도 모르는
잃지 않아야 했던
그런 세계인지도 모른다

16. 기억

많은 것을 잊었다

그래도
잊히지 않는 것이 있다

너무 깊은 곳에 있어서
가슴이 시리도록 새겨져 있어서
애써도 사라지지 않기에
지울수조차 없기에

그냥 간직하기로 했다

영원히
내 삶의 끝까지

17. 돌고

나는 23.5도 기울어져
일년내내 돌고 있다

어떤 애는 98도 기울어져
옆으로 누워 돌고 있다

또 어떤 애는 177도 기울어져
거꾸로 물구나무 서서 돌고 있다

누가 어떻게 돌건
그건 그 사람 마음

나는 그저 내 자리에서
그들을 보면 될 뿐

18. 날이 밝으면

밤이 깊어갑니다
새로운 날이 두렵지만
막을 수는 없습니다

창문을 엽니다
아직은 쌀쌀한 봄바람이
밀려 들어옵니다

문을 열면
어김없이 들어오는 바람처럼
날이 밝으며
어김없이 새로운 날이 시작됩니다

언제부터 새로운 날이
두려웠던 것일까요

내가 막을수도
저항할 수도

어찌할 수도
없는 일들이
이렇게 많을 줄 몰랐습니다

봄바람에 나의 마음을
실어 보냅니다
그렇게 이곳에서
마음을 떠나보냅니다

19. 거꾸로 가는 시계

시계가 거꾸로
가기 시작한다

미래로 흐르던 시간은 멈추고
과거로 흐르기 시작했다

하고자 했으나 못했던 일
최선을 했으나 잘못된 일
나도 모르게 놓쳤던 일

다시 만나고 싶은 사람
스쳐 지나갔던 인연
피하고 싶었던 사람

모든 것들을 다시
시작할 기회가 주어졌다

이게 웬일인가 싶지만

또 다시 나의 마음은
지치기 시작한다

차라리 시계가 거꾸로
가지 않는 것이 나을 뻔한 듯

남아 있는 시간으로도
충분했었던 같다

20. 불과 물

어떤 고난도 두렵지 않다
불속에서도
물속에서도

어떠한 고난에도 굴복하지 않는다
불을 견디었고
물도 건넜기에

고난으로부터 이제는 자유롭다
불을 지나고
물도 지났기에

21. 새 집으로

오늘이 마지막 밤이다

이곳에서 많은 일들이 있었다
아름다웠던 추억도
가슴아팠던 일들도
애태웠던 순간도
이제는 다 지나가 버리고
작별을 하려 한다

아담하지만 새로운 곳에서
또 다른 시작이 기다리고 있다

부디 많이 힘들지 않았으면
커다란 어려움이 없었으면
좋은 추억들이 쌓여갔으면

마음을 모아 내일을 위해
기도할 뿐이다

22. 경계에서

경계에 서 있었다
아무도 없는 그곳에
홀로 서 있었다

내가 그은 경계인지
누군가가 그은 경계인지
알 수가 없었다

그 경계가 나를 소외시켰다
나의 뜻도 아니었는데
나의 의지도 아니었는데

나 스스로 그 경계를 없애기로 했다
존재의 자유를 위하여
삶의 자유를 위하여

23. 무상

모든 것은 변하는구나

변하지 않을 것을
기대한 것이 잘못이었나 보다

변할 수 있다는 것을
알았어야 했는데

변하는 것이 현실이거늘
현실조차 인식을 못하였구나

희망이 절망으로 바뀌었으니
이제 다시
절망을 희망으로 바꾸려 한다

24. 혼자가 아니다

이글거리는 태양이 내리쬐는
사막 한가운데를 건널 때도
나는 혼자가 아니었다

멀리 보이는 지평선
끝없이 펼쳐진 대륙을 지날 때도
나는 혼자가 아니었다

검은 먹구름 앞이 보이지 않는
폭풍우를 헤치고 나갈 때도
나는 혼자가 아니었다

끝없이 내리는 폭설과
몸서리쳐지는 추위를 지날 때도
나는 혼자가 아니었다

혼자가 아니었기에
나는 지금 여기에 있다

25. 먼곳으로

만날 수 있는 기대도
허물어졌다

다시 볼 수 있는 희망도
사라져버렸다

먼곳으로 향하는 그리움이
더욱 커져 가지만

아름다운 시간을 추억으로
간직할 뿐이다

26. 뜻대로

뜻대로 되지 않아도
원하는대로 되지 않아도
이제는 아쉽지 않다

뜻대로 된다 해도
원하는대로 된다 해도
좋지 않을수도 있음을 안다

이제는 자유로운 마음으로
오늘을 살아갈 뿐이다

27. 내 옆에

예쁘지 않다고 해도
잘 모른다 해도
부족한 것이 많다 해도

내 옆에 있기 바랍니다

아름답지 않다 해도
성숙하지 않더라도
고집이 세다 해도

내 옆에 있기 바랍니다

서로 싸운다 해도
싸워 속상하다 해도
심지어 미워진다 해도

내 옆에 있기 바랍니다

28. 허망할 줄 알면서도

오늘 내가 여기에 있는 것은
보다 나은 내일을 희망하기
때문인지 모른다

오늘 내가 누군가를 만남은
그와 함께 삶을 나누기
위함일지 모른다

오늘 내가 무언가를 하는 것은
나의 존재를 증명하고 싶기
때문인지 모른다

그 모든 것이 허망할 줄 알면서도
나는 그저 오늘을 살아가고
있는지도 모른다

그 허망함이 언젠간
마음한켠에서 조그만 빛으로

승화하길 바라는
작은 소망이 있을 뿐이다

29. 소망을 그리워하며

평범한 일상보다
특별한 날들을 희망했다

단순한 것보다
어려운 것들을 소망했다

순탄한 것보다
많은 여정을 동경했다

가까이 있는 것보다
멀리 있는 것들을 기대했다

하지만 이제는
아무것도 일어나지 않기를
바랄 뿐이다

세월은 그렇게
나를 약자로 만들었나보다

30. 모르나 보다

들리는지 모르겠다
목놓아 소리쳐 불렀건만

보이는지 모르겠다
보여주려 그리 애를 썼건만

아는지 모르겠다
그만큼 많이 설명했건만

느끼는지 모르겠다
그 많은 상황이 있었는데도

이제는 정말 모르나 보다
더 이상 해줄 것이 없거늘

31. 조금만 더

조금만 더 이해하려고
노력했더라면

조금만 더 따뜻하게
대해주었더라면

조금만 더 배려깊게
말했더라면

조금만 더 입장을 바꿔
생각했더라면

32. 낯설었다

모든 것이 낯설었다

할 수 있는 것은 없을 것 같고
해야 하는 것만 많았었다

어디에 서 있는지도
어디로 가야 하는지도
알 수가 없었다

나와 함께 해주는 이도
나를 생각해주는 이도 없이
홀로 감당해야 했다

그 낯설음이 모든 것을
나의 어깨위로 올려
놓았나보다

그 무거움에 질려
나는 그렇게 변해갔나보다.

33. 제로

그 무엇을 곱해도 영일 뿐이다

아무리 의미 있는 것이라 해도
아무리 중요한 것이라 해도
아무리 사랑하는 것이라 해도
영을 곱하면 제로가 될 뿐이다

무언가를 하려했고
무언가가 중요하다 여겼고
무언가에 집착하였더라도
결국 그렇게 제로가 된다

34. 사라지기에

언제나 사라질 수 있는
것들이기에

어느 순간 사라져버릴지
알 수 없기에

그 어떤 것도 내것이라
생각할 필요 없고

그 무엇도 가지지 못해
아쉬워할 필요 없다

소중하다 여길 것도
의미있다 여길 것도
언젠가는 사라지기에

그저 마음속에 묻고
가끔 꺼내 볼 뿐이다

35. 어제와 내일

오늘은 어제가 아니고
내일이 오늘이 아니듯

오늘의 나는
과거의 내가 아니고

내일의 나는
오늘의 내가 아니다

오늘의 너도
어제의 네가 아니고

내일의 너도
오늘의 네가 아니길 바란다

더 나은 자아로
더 나은 세계로
그렇게 갈 수 있길 바랄 뿐이다

36. 너의 곁에서

너의 곁에서 무작정
서 있었다

네가 알고 있지 못한 순간도
아무말 없이
그렇게 서 있었다

너의 아픔과 슬픔
너의 기쁨과 행복
모두 바라보며
그렇게 서 있었다

네가 무슨 일을 하건
네가 어떤 일을 겪건
소리없이 응원하며
그렇게 서 있었다

무슨 일이 일어나도

이제 두려워하지 않는다

나는 그 자리를
벗어나지 못하니

영원히 너의 곁에서
그렇게 서 있을 것이니

37. 어떤 말을 해도

네가 나에게 어떤 말을 해도
나는 상관하지 않는다

너의 아픔을 알기에
너의 고통을 알기에

그 어떤 언어도
너보다 중요하지 않기에

네가 어떤 말을 해도
나는 상처받지 않는다

너를 지켜야 하기에
너는 소중하기에

한낱 몇 마디 단어가
너보다 중요하지 않기에

38. 여정의 끝

거친 손을 잡으며
함께 걸었다

안개 자욱한 길 위로
불빛을 따라
그렇게 걸었다

언제 끝날지 모르는
그 여정의 끝을 바라며
그렇게 걸었다

뒤돌아 온 길을 바라보니
한 없이 멀었다

여기까지 온 것만 해도
기적이었다

또 다른 기적을 바라며
여정의 끝을 꿈꾼다

39. 한걸음씩

여기까지 걸어왔는데
왜 생각하는 것인가

힘든 것도 이겨내고
어려움도 버티어냈는데
여기서 멈출 수는 없으니
끝까지 가야하리

모든 것을 허사로
모든 시간을 허무로
돌릴 수는 없으니

아무 생각도 말고
마음도 비우고
그저 지금까지 한대로
한걸음씩 걸어가리

40. 그 위로

하늘 높이 날았다
그 위로 가고 싶어서
그곳에 무엇이 있는지도 모른 채
그저 그렇게 날아 올랐다

모든 것이 보였다
볼 수 없었던 것들이
보이지 않았던 것들이
그렇게 나의 시야를 거쳐
뜨거운 나의 마음속으로 들어왔다

전에 없었던 세계
생각 이상의 세계
상식이 아닌 세계
차원이 다른 세계

그 위로 날아 오른 건
다른 세계를 보기
위함이었는지 모른다

41. 삶은 그렇게

빛나는 태양이
물 위를 반사한다
눈이 부시도록

굽이쳐 흐르는 강물은
끝까지 흘러간다
어떤 일이 일어나도

거친 폭포는
바위마저 뚫는다
불가능함을 없애며

삶은 그렇게
굽이쳐 흘러간다
그 모든 것을 우리에게 주면서

42. 아름다운 마음

아름다움이란 무엇일까?
서정적인 것이란 무엇일까?

그건 깨끗함이다
티없이 맑음이다
투명함이다

인간의 마음도
그럴 수 있으면 좋으련만
그런이를 찾기는 극히 드물다

43. 그러한 마음으로

고요하고 잔잔한 호수처럼
모든 것을 품어내는 바다처럼
저 푸른 하늘을 떠다니는 하얀 구름처럼

어떠한 일에도 연연하지 않고
마음의 상처를 주지도 받지도 않고
선입견과 편견을 넘어
고정된 틀에 사로잡히지 않은 채
좋음과 좋지 않음의 분별도 없이
고요하고 동요함 없이
맑은 새벽 공기 같은
그러한 마음으로

44. 달빛

밝게 빛나던 태양은 사라지고
피곤한 하루가 지나가고 있다

사방은 어두운데 홀연히
나타나 나를 비추고 있다

이 밤에도 혼자 있지 말라고
밤새도록 같이 있어 주겠다고

밤의 공허함을 위로해주는 듯
하루의 피곤을 없애주려는 듯

힘들었던 나의 마음을
편안하게 해주려는 듯

허전한 나의 마음을
조금이라도 채워주려는 듯

그렇게 저 달빛은
나와 함께 하고 있다

45. 마음에서 벗어나

내 마음에서 벗어나려 한다
나의 마음이 내가 아니기 때문이다
마음 없이 하늘 아래 서려 한다
그렇게 하늘을 바라보려 한다

밤하늘의 별을 바라본다
그 상태로 무엇이 보이는지

마지막에 남아 있는 별은 무엇일까
나는 그것을 알 수나 있을까

46. 여기서 쉬리라

무릎을 꿇고 부둥켜 안았다
주체할 수 없는 눈물에
통곡이 터져나왔다

너무 오랜만이기에
너무 보고 싶었기에
그렇게 그리워했기에
너무나 사랑했기에

내가 있어야 할 곳은 이곳이었다

그 어디를 갔어도
아무리 돌아다녀도
오랜 시절 그렇게 헤매었어도

나를 받아주고
나를 품어주는 곳은
결국 여기밖에 없었다

이제는 여기서 영원히 쉬리라
모든 무거운 짐 내려놓고
나의 모든 것을 맡긴 채로
편안하고 자유로운 영혼으로
여기서 영원히 안식하리라

47. 어둠 한 편

내 마음속 어딘가에
어둠 한 편 있네

영원히 지워지지 못 할
이젠 운명이 되어 버린

어둠의 심연에서
사라지지 않을 그림자로

영원히 남아 있을
치유되지 않을 상처로

그렇게 남아있을
어둠 한 편 있네

48. 어떤 일도

좋은 일만 있을거라
생각지는 않았다

그래도 나쁜 일이
많지 않기를 기원은 했다

이제는
어떤 일에 대해
생각지도 않고
기원하지도 않는다

어떤 일이 다가와도
그저 살아갈 뿐이다

49. 조그만 필연

멀리서 들리는 듯 하나
가까이 있다는 걸 압니다

보이지 않는 곳에 있으나
마음의 눈으로 볼 수 있습니다

이제는 높낮이 없이
아니 있어도
느끼지 못한 채
잔잔한 일상으로 만족합니다

모든 우연은
그렇게 조그만 필연이란 걸

조그만 필연은
그렇게 운명이라는 걸

50. 부족함을 인정하며

나의 부족함을 인정한다

나는 그리 잘난 사람도 아니고
내세울 것도 없다는 걸 안다

부끄러운 점도 너무 많고
감추고 싶은 것도 많다

비판받아 마땅한 것도 많고
잘못을 뉘우칠 것도 많다

스스로 고치려 노력했어도
그러지 못했음도 아쉽다

더 나은 모습을 바라나
그것이 힘든 것도 안다

남아 있는 시간이나마
부끄럽지 않기를 바랄 뿐이다

51. 보이지 않아

돌아보아도 보이지가 않아
아무리 찾아도 찾을 수 없어

어디서 이제라도 달려올 듯한데
아무리 기다려도 소식이 없어

꿈속에서 살았던 걸까
지금 꿈을 꾸고 있는 걸까

텅빈 내 마음은 공간을 가르고
시간마저 나의 편이 아닌 것 같아

나는 지금 그 어디에도 없고
나의 마음은 사라져 버린 것 같아

52. 바람꽃

곱고 하얀 자태로
바람의 딸로 태어났네

낮은 곳 싫다하여
높은 곳에 피어났네

거세게 부는 바람도
아랑곳하지 않고

인적 드문 산속이어도
외롭지 않네

어디서 태어나건
어디서 살아가건

주어진 그 자리에서
푸른 하늘을 누리겠네

53. 지나간다

그렇게 지나간다
모든 것이 그렇게 지나간다

진실을 나누지도 못한 채
아쉬워 하지도 못한 채
서러움 느끼지도 못한 채
마음을 헤아리지도 못한 채
따스함을 누리지도 못한 채
무엇이 무엇인지도 모른 채
깊이와 넓이도 측량하지 못한 채

그렇게 지나간 것들은
이제는 돌아오지 않는다

마음에 남아 있기만을 바랄뿐
이제는 돌아오지 않는다

54. 멀어져 가는 줄

멀어져 가는 줄만 알았습니다
보이지 않는 곳에 서 있기에
어디로 향하는 줄 알 수 없어서

하루가 다 지나가는 시간속에서
떨어지는 태양의 노을 속에서
밤이 다가오고 있었기에

나의 힘으로 어찌 할 수 없기에
기다리는 것 외엔
할 수 있는 것이 없다는 걸 알기에

멀어지지 않기를 소원하는 것
그나마 욕심이랄 수밖에 없지만
그렇게 밤하늘을 바라봅니다

55. 약하다는 것

약하다는 것을 압니다
이길수 없다는 것도 압니다

나의 힘으로는
불가능하다는 것을 압니다

누군가를 의지하고 싶고
누군가의 도움이 필요하고
누가 함께 해주기를 바라는
솔직한 마음이 부끄러울 뿐입니다

가지고 있는 모든 것으로
애를 쓴다고 하여도
미치지 못할 것을 압니다

푸른 하늘을 바라봅니다
어디선가 바람이 불어 봅니다
이제 서산으로 해가 넘어가나 봅니다

56. 너는 아프지 않았으면 좋겠다

내가 대신 힘들어도 좋으니
너는 힘들지 않았으면 좋겠다

내가 대신 불행해도 좋으니
너는 행복했으면 좋겠다

내가 대신 고생해도 좋으니
너는 편히 쉬었으면 좋겠다

내가 대신 욕먹어도 좋으니
너는 욕먹지 않았으면 좋겠다

내가 대신 아파줄 수 있으니
너는 아프지 않았으면 좋겠다

내가 너를 대신해줄 수 있는 것이
정말 많았으면 좋겠다

57. 여기까지 왔는데

여기까지 왔는데
여기서 멈추지는 않겠다

힘들게 왔으니
조금 더 힘들어도 괜찮다

할 수 있는 건 다 했으니
이제 기다림만 남았다

이제 얼마 남지 않았으니
조금 더 힘을 내면 되겠다

58. 바란다

말없이 오래도록
지켜보기를 바란다

어제와 오늘
오늘과 내일이
다르다는 것을 알기 바란다

자신의 한계가 있음을
인식하기 바란다

부족해도 좋으니 끝까지
함께하려 노력하기 바란다

다르지만 다름을 인정하고
포용할 수 있기를 바란다

59. 몰랐다

방법을 몰랐다
마음이면 되는 줄 알았다

나 자신을 몰랐다
알 수 있을거라는 희망만 있었다

너에 대해 몰랐다
모두 받아주리라 믿었다

그렇게 모르는 것이
운명이 된다는 것을 몰랐다

60. 비슷함

비슷비슷 할뿐
차이가 나지는 않는다

너는 너대로
나는 나대로

비슷비슷 하지만
고유함은 있다

네가 아는 것은 없고
내가 아는 것도 없다

고유함만으로
존재함만으로

충분하다 싶을 뿐

61. 정답과 오답

선택은 누구나 한다

그것이 누구에겐
정답일 수 있지만

그것이 누구에겐
오답일 수 있다

나의 선택은
정답이었을까?
오답이었을까?

나는 그 오답을
스스로 고칠 수 있을까?

62. 네가 가는 길

네가 가는 길
그 끝에는 행복이 있다

네가 가는 길
그 끝에는 미소가 있다

네가 가는 길
그 끝에는 평안이 있다

지금은 보이지 않지만

그 모든 것이
네 가는 길 그 끝에서
기다리고 있다

63. 함께 있어 주었다

눈물을 흘릴 때
눈물을 닦아주었다

절망에 빠졌을 때
손을 잡아주었다

비를 맞고 있을 때
같이 비를 맞아주었다

외로움을 느끼고 있을 때
말 없이 안아주었다

어려운 일이 있을 때마다
항상 함께 있어 주었다

64. 사라지지 않기를

그 빛이 사라지지
않기를 바랍니다

어디를 가든지
어디에 있든지

언제나 함께
하기를 바랍니다

어둠속에 있어도
안개속을 걸어갈 때도

영원히 나와 함께
하기를 바랄 뿐입니다

65. 소쩍새

아득한 곳에서
소쩍새가 운다

그 소리가
점점 멀어져 간다

내 마음도
그렇게 멀어져 간다

모든 것이
그렇게 사라져 간다

66. 아무 말 없이

무슨 말이든
하고 싶었습니다

고개를 돌려
먼 산을 바라봅니다

흰 구름 저 멀리
흘러갑니다

바람이 불어와
얼굴에 와 닿습니다

아무 말 없이
그냥 발길을 돌렸습니다

67. 무명

이름이 없었다면
흔적이 없어진다면
아니온 거라 생각했다면
고요히 침묵했다면
시도하지 않았더라면
모든 것을 긍정했다면
바라보기만 했다면
푸른 하늘을 바라봤다면
구름 따라 흘러갔다면
물 흐르듯 맡겼더라면

68. 자유

스스로 만들어 갈 수 있어야지
누구에게도 의지하지 말아야지
선택의 가능성이 열려 있어야지
나의 길을 가는 용기가 있어야지
두려움을 극복할 수 있어야지
모든 것을 책임질 수 있어야지
잃어버린 시간을 위해
남아있는 시간을 위해
나 자신을 위해

69. 누구였을까?

길을 가다 뭔지 모를 무엇에
넘어지고 말았습니다

꺾인 다리에 무릎마저
꿇게 되었습니다

어디선가 불어오는 흙먼지에
온몸이 뒤집어 써졌습니다

넘어진 내게 누군가 다가와
손을 내밀었습니다

그 손을 잡고
다시 일어섰습니다

누구였을까요?
나에게 다가와
손을 잡아주었던 그 사람은

그 순간을 잊지 못합니다

힘들었던 나의 손을
잡아주었던 그 순간을

70. 마음은 어디에

아무 소리도
들리지 않는다

아무 것도
보이지 않는다

아무 것도
하고 싶지가 않다

마음을 어딘가에
잃어버린 듯하다

잃어버린 마음을
찾을 수는 있을까?

71. 아무 생각없이

맑은 물이 계곡을
따라 흘러간다
아무 생각없이

흰 구름이 푸른 하늘을
누비며 흘러간다
아무 생각없이

투명한 바람이
자유롭게 불어온다
아무 생각없이

나의 영혼도
자유로웠으면
아무 생각없이

72. 피면 지고

형형색색으로 피는 꽃
눈이 부시도록 아름답습니다

불어오는 바람에
꽃잎은 하나 둘씩 떨어지고

영원할 줄 알았던
그 아름다움
그리 얼마가지 못한 채
촉촉히 내리는 봄비에
마지막 작별을 고합니다

피면 지는 것처럼
모든 인연도 언젠간 사라지겠지요

아쉬움 너무 많지만
아름다웠던 그 순간이 있었기에
마음 아파하지 않으렵니다.

73. 너

보고 싶어도
닿을 수 없는 곳에 있는 너

말하고 싶어도
들을 수 없는 곳에 있는 너

손잡고 싶어도
손잡을 수 없는 곳에 있는 너

시간을 보내고 싶어도
함께 할 수 없는 곳에 있는 너

내가 가고 싶어도 갈 수 없고
네가 오고 싶어도 올 수 없으니

나의 영혼과 마음을 온전히 담아
네가 있는 그곳에 보낼 뿐이다

74. 바람에 구름에

소리가 들리는 듯합니다
나를 찾은 소리입니다

목청껏 대답을 하였건만
들리지 않는가 봅니다

어떻게 해야 할까요?
이 자리를 박차고 나갈수가 없으니

저 흘러가는 구름에
소리없이 떠도는 바람에

나의 마음을
실어 보낼수만 있다면
더 이상 바랄것이 없겠습니다

75. 희망의 사다리

멀리 바라보려고
하지 않으렵니다

이곳에서
가까운 곳을
희망하고자 합니다

그것으로 나에겐 충분하고
더 바랄 것도 없다는 걸
이제는 확실히 압니다

조그만 기쁨이라도
소소한 행복이라도

그것만이라도 주어진다면
희망의 사다리라 생각하겠습니다

76. 새로운 길에서

가던 길을 갈 수가
없었습니다

무언가에 가로막혀 있어서
아무리 헤쳐내려 해도

나의 힘으로는 그것을
넘어설 수가 없었습니다

체념이 더 큰 힘을
발휘한다는 것은 압니다

자기 만족도 아니고
미련을 접는 것도 아니고
스스로 포기하는 것도 아닙니다

그러나 왠지
서글픈 마음은

어쩔수가 없었습니다

이제는 마음을 접어
그나마 아름답게 접어
마무리하고자 합니다

그렇게 가던 길을 버리고
이제는 새로운 길을 향해
발걸음을 옮기기로 하였습니다

지나온 길이나
새로운 길이나
별 차이는 없다는 것도 압니다

하지만 새로운 길에서
새로운 나를 만날수는 있으니
그것으로 만족하려 합니다

77. 영혼의 촛불

가까이서 빛나고 있습니다
느끼지 못하고
알지 못할 뿐입니다

멀리서 빛나고 있습니다
갈 수도 없고
닿을 수도 없습니다

이제는
가까이 있는 것
멀리 있는 것
그 모두를 마음에
담으려 합니다

예전에 그렇게 하지 못한 것까지
비록 많이 늦었지마는

지금 여기에서

나의 땀으로

나의 영혼으로

할 수 있는 모든 것을

후회없이 하려 합니다

78. 이제는

언젠가 내게 말했습니다
그리움만 남을 거라고
추억만 남을 거라고

그때는 믿지 않았습니다
희망이 있었기에
꿈이 있었기에

이제는 알듯 합니다
그 모든 것이 헛되다는 걸
다 스쳐지나간다는 걸

모든 것을 내려놓습니다
마음이나마 평안하도록
영혼이나마 자유롭도록

79. 맨발로

맨발로 걸었습니다

느끼지 못했던 것
느낄 수 없었던 것

알지 못했던 것
알 수 없었던 것

경험하지 못했던 것
경험할 수 없었던 것

그전엔 몰랐던 것들이
이렇게나 많은 줄
이제야 알았습니다

이제는 맨발을
두려워하지 않으렵니다

언제나 어디서나
서슴없이 맨발로 걷겠습니다

80. 달무리

희미한 달무리라 할지라도
나에겐 희망이 될 수 있습니다

사방을 알수 없는 암흑의 밤보다는
그나마 빛이 있기 때문입니다

어떤 어려움이 있더라도
아무리 힘든 일이라 할지라도

헤쳐나갈수 있는 길은 있기 마련이니
그 희미한 빛을 따라 끝까지
나의 길을 묵묵히 가렵니다

81. 마음의 눈

눈은 떠져 있었으나
볼 수 없었습니다

눈이 먼 것도 아닌데
보이지 않았습니다

이제는 조금씩
보이는 듯합니다

아파 보았고
상처 받았고
절망을 겪고
희망을 잃기도 했습니다

그러한 것들이
마음의 눈을
뜨게 하나 봅니다

아쉽기도 합니다

그러한 경험없이
마음의 눈을 뜰 수 있도록
노력했다면 좋았을 것을

82. 환청

누군가 나를 부른다
뒤를 돌아다 보았지만
어디서 들리는 소리인지
환청이었는지
아무도 없었다

나를 불러주기를 원해서였을까
나를 찾아주기를 바라서일까
나를 필요로 하기를 소원해서일까

하지만 아무도 없음을 안다
나를 불러주는 이도
나를 찾는 이도
나를 필요로 하는 이도

83. 달빛

달빛이 유난히 밝습니다
한없이 환한 달을 보며
그 사람을 생각합니다

이제는 볼 수 없는 곳
다시는 만날 수 없는 곳으로 가버린 그가
달빛으로 나를 비춰주는 듯합니다

바라만 본다는 것이
닿을 수 없다는 것이
그리워해야만 한다는 것이
이리 커다란 아픔이란 걸
미처 몰랐습니다

달빛 아래 봄바람이 불어옵니다
그 사람이 봄바람이 되어
나에게 다가오는 듯합니다

봄 향기 가득한 바람 속에서
고개 들어 다시 한번
환한 달을 바라봅니다

내가 할 수 있는 것은
그것이 전부였습니다

84. 무슨 일이 일어나건

무엇이든 일어나기
마련입니다

천둥과 번개도 치고
폭풍우도 몰려오며
눈보라가 불기도 합니다

가끔씩 조용한 날도 있지만
그리 오래가지 않는 듯합니다

무슨 일이 일어나건
개의치 않고 싶습니다

평안한 마음으로
일희일비하지 않은 채

바람이 부는대로 내맡기며
조용히 흘러가렵니다

85. 건널 수 없기에

다가가고 싶지만
갈수가 없습니다

건널수 없는 강이
가로막고 있기에

그저 묵묵히 이곳에서
바라볼 뿐입니다

새들은 날아 마음대로
건널 수 있고

구름도 자유롭게
흘러갈 수 있거늘

나만 홀로 우두커니 서서
하염없이 그곳을 바라봅니다

86. 빛이 보이지 않아

빛이 보이지 않았습니다

사방을 둘러봐도 어둠 뿐
어디로 가야 할지 몰랐습니다

갈바를 모른 채 그저
발걸음을 옮겼습니다

아무런 확신도 없이
누군가의 도움도 없이
모든 걸 혼자 해야 했습니다

기대를 하지 않은 건 아니지만
바란것도 없었습니다

언젠간 빛이 비추리라는
희망으로 그렇게 걸었습니다

누군가를 의지하고 싶었고
누군가와 함께 하고 싶었습니다

바라는 대로 되지 않는다는 걸
원하는 대로 이루어지지 않는다는 걸
알기에 더욱 외로웠나 봅니다

언젠간 빛이 보일때가 있겠지요
그 어둠을 몰아내 줄 빛이
언젠가는 비치겠지요

87. 꽃잎은 떨어지고

꽃잎 떨어져 바람에 날리듯
언제 어디로 갈지 알 수 없고

영롱한 이슬 햇볕에 사라지듯
남아있는 시간 보장도 없으리

오늘을 살아냄이 충분치 못하나
살아있음으로 바랄 것이 없고

이루지 못한 것 회한도 많으나
할 수 있었던 것이 있음으로 만족하고

나의 부족함으로 부끄러움도 많으나
아름다운 추억으로 간직하면 충분하리

여기에 있었음으로
많은 것을 느꼈음으로
충분히 경험했음으로

꽃잎처럼 떨어져도 아쉬움은 없으리

88. 바람은 불고

바람이 불어옵니다
이 바람은 어디로 가는지
알 수가 없습니다

삶 또한 어디로 가게 될지
알수가 없습니다

내가 알 수 있는 것
하나도 없거늘
다 알고 있다고 생각했습니다

내가 아는 세상이
전부라고 생각했으니
부끄러울 따름입니다

저 바람에 내 마음을
실어 보냅니다

바람이 가는 대로
내 마음도 가고자 합니다

이제는 저 바람처럼
삶이 가는대로 가야할 듯합니다

89. 반딧불을 쫓아

반딧불을 쫓았습니다
이리로 저리로

반딧불을 따라다녔습니다
이리로 저리로

반딧불을 잡고 싶었습니다
너무나 예뻐보였기에

드디어 반딧불을 잡았습니다
손안에서 반짝반짝합니다

손안에 있는 반딧불이 너무 예뻤습니다
오래도록 바라보았습니다

갑자기 손안에 있는 반딧불이
불쌍해 보였습니다

손을 펼쳐 반딧불을 놓아주었습니다
내 손에서 살 수가 없기에

그게 전부였습니다

90. 도와주고 싶어도

도와주고 싶어도
도와줄 수가 없었습니다

무언가를 해주고 싶어도
할 수가 없었습니다

나의 능력은 한계가 있고
가진 것도 없었습니다

마음만이야 얼마든지 줄 수 있지만
아무런 도움이 되지 않음을 압니다

답답한 제 마음에
하루가 길기만 합니다

마음뿐만이 아닌
진정으로 도움을 줄 수 있는
그런 날은 언제 올 수 있는 건가요?

별이 되어 만날까?

정 태 성 시집 (11)   값 8,000원

초판발행 2022년 10월 1일
지 은 이 정태성
펴 낸 이 도서출판 코스모스
펴 낸 곳 도서출판 코스모스
등록번호 414-94-09586
주   소 충북 청주시 서원구 신율로 13
대표전화 043-234-7027
팩   스 050-4374-5501

ISBN 979-11-91926-33-0